LE

MONT SAINT-MICHEL

ET

SES MERVEILLES

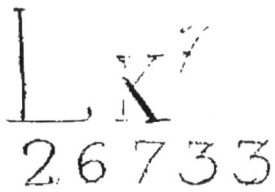

Le Mont St-Michel et ses Merveilles

"AU PÉRIL DE LA MER"

PAR

L'ERMITE DE TOMBELAINE

Illustrations de E. DE BERGEVIN

L'ABBAYE, LE MUSÉE
LA VILLE
ET LES REMPARTS

PRIX : **UN** FRANC

EN VENTE

AU MONT SAINT-MICHEL, CHEZ TOUS LES MARCHANDS

à PARIS

LIBRAIRIE UNIVERSELLE
41, rue de Seine

LIBRAIRIE DE LA SCIENCE EN FAMILLE
118, rue d'Assas

ET CHEZ TOUS LES LIBRAIRES

EXCURSIONS
SUR LES

COTES DE NORMANDIE, EN BRETAGNE ET A L'ILE DE JERSEY

1° Billets d'excursion, valables pendant un mois (1) avec itinéraire fixé comme suit :

	1re CLASSE	2e CLASSE
1er ITINÉRAIRE.	60 fr. »	45 fr. »

Paris. — Rouen. — Le Havre. — Fécamp. — St-Valery. — Dieppe. — Le Tréport. — Arques. — Forges-les-Eaux. — Gisors. — Paris.

2e ITINÉRAIRE.	60 fr. »	45 fr. »

Paris. — Rouen. — Dieppe. — St-Valery. — Fécamp. — Le Havre. — Rouen. — Honfleur ou Trouville-Deau-ville. — Caen. — Paris.

3e ITINÉRAIRE.	80 fr. »	65 fr. »

Paris. — Rouen. — Dieppe. — St-Valery. — Fécamp. — Le Havre. — Rouen. — Honfleur ou Trouville. — Cherbourg. — Caen. — Paris.

4e ITINÉRAIRE.	90 fr. »	70 fr. »

Paris. — Granville. — Avranches. — Mt-St-Michel. — Dol. — St-Malo. — Dinard. — Dinan. — (Lamballe. — St-Brieuc moyennant supplément). — Rennes. — Le Mans. — Paris.

5e ITINÉRAIRE.	100 fr. »	80 fr. »

Paris. — Cherbourg. — Coutances. — Granville. — Avranches. — Mont-St-Michel. — Dol. — St-Malo. — Dinard. — Dinan — (Lamballe. — St-Brieuc, moyennant supplément). — Rennes. — Le Mans. — Paris.

6e ITINÉRAIRE.	100 fr. »	80 fr. »

Paris. — Rouen. — Dieppe. — St-Valery. — Fécamp. — Le Havre. — Rouen. — Honfleur ou Trouville. — Caen. — Cherbourg. — Coutances. — Granville. — Dreux. — Paris.

	1re CLASSE	2e CLASSE
7e ITINÉRAIRE.	120 fr. »	100 fr. »

Paris. — Rouen. — Dieppe. — St-Valery. — Fécamp. — Le Havre. — Rouen. — Honfleur ou Trouville. — Caen. — Cherbourg. — Coutances. — Granville. — Avranches. — Mont-St-Michel. — Dol. — St-Malo. — Dinard. — Dinan — (Lamballe. — St-Brieuc, moyennant supplément). — Rennes. — Laval. — Le Mans. — Chartres. — Paris.

8e ITINÉRAIRE.	120 fr. »	100 fr. »

Paris. — Granville. — Avranches. — Mont-St-Michel. Dol. — St-Malo. — Dinard. — Dinan. — St-Brieuc. — Lannion. — Morlaix. — Roscoff. — Brest. — Rennes. — Le Mans. — Paris.

9e ITINÉRAIRE.	130 fr. »	110 fr. »

Paris. — Caen. — Cherbourg. — Coutances. — Gran-ville. — Avranches. — Mont-St-Michel. — Dol. — Saint-Malo. — Dinard. — Dinan. — St-Brieuc. — Lannion. — Morlaix. — Roscoff. — Brest. — Rennes. — Vitré. — Laval. — Le Mans. — Chartres. — Paris.

Les 10e 11e et 12e itinéraires sont délivrés au départ du Mans, de Rouen et d'Angers.

13e ITINÉRAIRE.	105 fr. »	80 fr. »

Paris. — Granville. — Jersey (St-Hélier). — St-Malo. — Pontorson. — Le Mont-St-Michel. — St-Malo. — Dinard. — Dinan. — St-Brieuc. — Rennes. — Le Mans. — Paris.

Les Billets sont délivrés à Paris, aux Gares Saint-Lazare et Montparnasse et aux Bureaux de Ville de la Compagnie.

(1) La durée de ces billets peut être prolongée d'un mois, moyennant la perception d'un supplément de 10 °/°, si la prolongation est demandée, aux principales gares dénommées aux itinéraires, pour un billet non périmé.

2° Billets d'excursion, valables de 30 à 60 jours, avec itinéraire établi au gré du Voyageur, sur les grands réseaux. Minimum de parcours : 300 kilomètres. — Réduction de 20 à 50 0/0, selon la longueur du parcours, sur les billets individuels. — Réduction supplémentaire variant entre 5 et 25 0/0 sur les billets collectifs.

LE

Mont Saint–Michel

ET

SES MERVEILLES

L'ABBAYE, LE MUSÉE
LA VILLE ET LES REMPARTS

PAR

L'ERMITE DE TOMBELAINE

Illustrations de E. de Bergevin

PRIX : UN FRANC

EN VENTE

AU MONT St-MICHEL, CHEZ TOUS LES MARCHANDS

PARIS

| LIBRAIRIE UNIVERSELLE | LIBRAIRIE DE LA SCIENCE EN FAMILLE |
| 41, rue de Seine | 118, rue d'Assas |

ET CHEZ TOUS LES LIBRAIRES

AVIS AU LECTEUR

———

La généralité des ouvrages écrits sur le Mont Saint-Michel sont, ou de savants commentaires historiques, ou des descriptions arides ne parlant pas à l'imagination. En publiant ce petit volume, nous avons surtout en vue de montrer aux yeux les scènes grandioses que le visiteur rencontre au Mont Saint-Michel, surtout depuis qu'une heureuse initiative a fait revivre le passé dans un musée qui supplée à ce qu'avaient de froid et de mort les constructions admirables de l'antique abbaye. Nous avons été puissamment aidé dans cette tâche par les dessins de M. E. de Bergevin, faits d'après les croquis originaux et les photographies de MM. Fernand Maquaire, Charles Mendel et Neurdein frères. Puissions-nous intéresser le lecteur et lui laisser un agréable souvenir de la visite que nous allons faire ensemble !

L'ERMITE DE TOMBELAINE

Face nord-ouest du Mont Saint-Michel.

I

VUE PANORAMIQUE
DE LA BAIE DU MONT SAINT-MICHEL

Des hauteurs du jardin botanique d'Avranches, un spectacle magnifique vient s'offrir aux regards ; l'horizon est large comme au faîte des plus hautes montagnes : la vue plonge sur un immense hémicycle, un colossal berceau de verdure qui va s'inclinant insensiblement vers la grève et sur la baie de Cancale, mieux nommée baie du Mont Saint-Michel, au sein de laquelle le Mont Saint-Michel se dresse comme un titan.

La baie du Mont Saint-Michel se creuse au fond du golfe de Bretagne ou de Saint-Malo, à la limite des départements de la Manche et d'Ille-et-Vilaine. Granville est au nord de la baie et Saint-Malo à l'ouest ; plus près on aperçoit Cancale avec ses pêcheries qui courent en zigzag dans les lagunes, ses majestueux rochers, et Pontorson, le vieux fief de Bertrand du Guesclin. Le fond de la baie n'est qu'une vaste plaine de sables, comprenant environ dix lieues carrées de superficie, qui chaque jour sont deux fois couvertes en partie par la mer et deux fois par elle abandonnées. Dans cette espèce d'entonnoir, dont le Mont Saint-Michel occupe l'extrémité, la disposition particulière des côtes, celle des bancs, des plateaux de roche, et des îles nombreuses qui s'étendent au nord jusqu'à la pointe de la Hague, exercent sur la grandeur des marées une telle influence, que les eaux s'y élèvent à une hauteur plus que double de celle qu'elles atteignent sur les autres points de notre littoral. Tandis que la mer ne monte qu'à 7 mètres à Cherbourg et à 8 mètres dans le port de Brest, elle atteint à Granville jusqu'à 15 mètres. Qu'on se figure cette énorme masse d'eau, au moment où le *flot* arrive, s'élançant dans le fond de la baie, vers le Mont Saint-Michel, qui, au moment de la mer basse, en est éloigné de deux lieues, et qui bientôt n'est plus qu'une île semblant seulement reliée à la terre par un mince câble, aspect que présente de loin la digue élevée entre le Mont et Pontorson. La rapidité de la mer est telle, *dans les grandes marées d'équinoxe,* que le cheval le plus agile serait bientôt dépassé sur ce terrain sablonneux et mouvant (1).

(1) Les marées de mars et de septembre sont très redoutées, surtout celles de septembre, appelées *marées des gaspas* et qui ont laissé de terribles souvenirs en faisant disparaître des exploitations entières du côté de Courtils et d'Ardevon.

Heureusement, les heures exactes de la marée étant
bien connues d'avance, on peut, sans craindre d'être
envahi, aller explorer les plages qu'elle laisse à découvert. Aussi voit-on les femmes et les enfants cherchant
des coquillages, tandis que les hommes, munis de filets,
entrent dans l'eau jusqu'à mi-corps, suivent la mer pendant qu'elle se retire, et capturent des crevettes, des
soles et d'autres poissons. Au moyen de filets en forme
de nasses on prend, dans la baie du Mont, des saumons
de forte taille et d'un goût exquis, renommés dans tous
les environs.

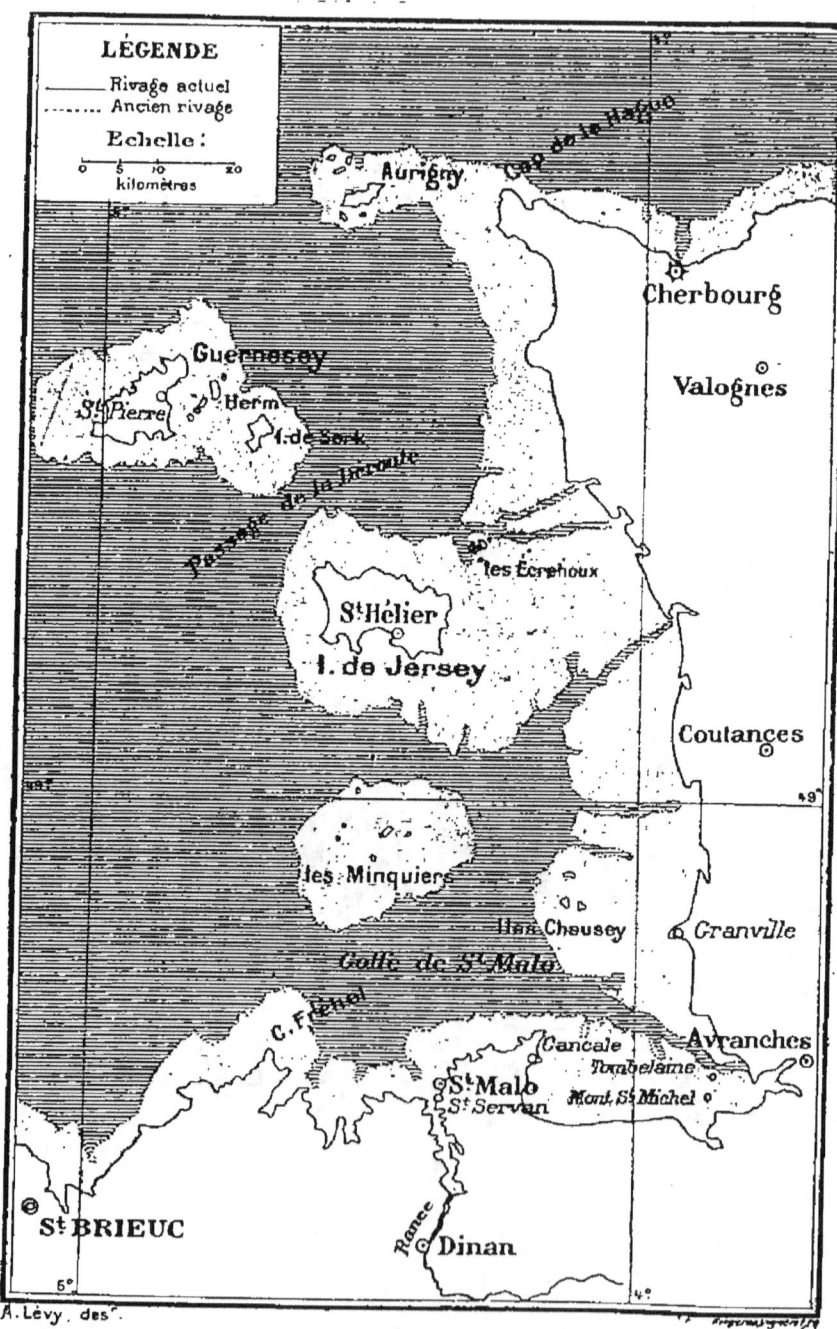

LÉGENDE

——— Rivage actuel
······· Ancien rivage

Echelle :

0   5   10   20
kilomètres

Cap de la Hague

Aurigny

Cherbourg

Guernesey

Valognes

S.t Pierre   Herm

I. de Sark

Passage de la Déroute

les Écrehoux

S.t Hélier

I. de Jersey

Coutances

les Minquiers

Iles Chausey

Granville

Golfe de S.t Malo

C. Fréhel

Avranches

Cancale

Tombelaine

S.t Malo

Mont S.t Michel

S.t Servan

S.t BRIEUC

Rance

Dinan

A. Lévy, des.t.

Carte comparée de l'ancien rivage et du rivage actuel.

II

AUTREFOIS ET AUJOURD'HUI.

Avant d'être une baie, ce pays était une forêt sauvage, une forêt qui n'arrêtait pas sa lisière à la ligne du rivage actuel, mais qui descendait la grève et plantait ses chênes géants jusque par delà les îles Chausey.

La tradition et les antiquaires sont d'accord ; les manuscrits font foi : la forêt de Scissy couvrait dix lieues de mer, reliant la falaise de Cancale, en Bretagne, à la pointe normande de Carolles, par un arc de cercle qui englobait le petit archipel, comme l'indique notre carte.

Les envahissements successifs de la mer détruisirent cette forêt, au sixième siècle de notre ère. Seuls, les îlots du Mont et de Tombelaine, grâce à leur base rocheuse, survécurent à la catastrophe.

Peu à peu, les marées et les courants ensablèrent la baie, déposant même sur tous les rivages environnants un sable léger et ténu, chargé de phosphate de chaux et connu sous le nom général de *tangue* (1).

La formation spéciale de cette grève y a occasionné une redoutable particularité.

Sur la généralité des côtes, la mer, en se retirant à

---

(1) La tangue, mélangée de terre et de fumier, forme un compost qui devient un engrais d'une grande richesse et d'une grande ressource pour toute la culture de la contrée. Tous les légumes cultivés dans les grèves de tangue conquises sur la mer, et dont il se fait dans les environs un commerce considérable, sont d'une qualité exceptionnelle.

marée basse, laisse derrière elle une nappe de sable fin, ferme et solide comme un plancher.

Mais ici, par suite de l'ensablement des anciens cours d'eau de la forêt de Scissy, qui circulent actuellement souterrainement ou à fleur de terre, la grève est traversée par quelques sillons tout imprégnés d'eau et sans consistance. Sur les portions solides, appelées *paumelles*, le reflux imprime des rides régulières. Les sables délayés, au contraire, conservent une surface unie : on les appelle *lises*. On peut former des *lises* artificiellement en piétinant pendant quelque temps sur le sable, qui se transforme alors en une espèce de bouillie. Les guides distinguent d'ailleurs au premier coup d'œil le sol ferme et solide de celui des lises. Dans le cas où l'on se trouverait engagé sur une de ces lises, il faudrait la traverser avec le plus de rapidité possible, évitant de suivre les pas de ceux qui auraient précédé. Lorsque, malgré toutes les précautions, une charrette, un attelage, ou des voyageurs, se sont enlisés, on étend autour de la lise de la paille, des planches ; l'on piétine dessus avec ardeur, et l'on parvient ainsi à dégager les corps enlisés. Si, pris par un accident dans une lise, on se sentait enfoncer, le meilleur procédé pour se dégager consisterait à s'étendre sur le sol et à se rouler jusqu'à ce qu'on s'en soit éloigné.

Vers la fin du siècle dernier, alors que le sol n'avait pas acquis le degré de consistance que nous lui voyons aujourd'hui, un bâtiment échoué sur cette grève s'est enfoncé si profondément, que tout a disparu jusqu'au sommet des mâts. En 1780, le propriétaire de ce bâtiment ayant fait tailler en cône une pierre du poids de 300 livres, et l'ayant fait poser la pointe en bas sur le sable, elle s'enterra si bien dans l'espace d'une nuit, qu'on ne put même retrouver le bout d'une corde de 40 pieds qu'on y avait attachée.

III

COUP D'ŒIL HISTORIQUE

La majestueuse splendeur de ce fond de golfe, son importance stratégique, ont attiré de tout temps l'attention des prêtres et des hommes de guerre.

De tout temps le cône granitique de cent mètres de hauteur qui constitue la base du Mont Saint-Michel a été surmonté d'un temple et d'une forteresse. Les Gaulois, les Romains, les Francs, qui l'appelaient Mont Bélénus, ne firent que les transformer. Au VIe siècle, à l'époque où la mer remplaçait graduellement la forêt, le Mont Bélénus prit le nom de *Mons Tombœ*, ou Mont de la Tombe, et l'abbaye mérovingienne de Mandane y fut fondée.

C'est en 708 que saint Aubert, évêque d'Avranches, fit bâtir sur le Mont une modeste chapelle en forme de grotte, dédiée à l'archange saint Michel, et dès lors, l'île prit le nom de Mont Saint-Michel. Douze chanoines y célébraient l'office divin, ayant, pour assurer leur subsistance, les seigneuries d'Huynes et de Genest. Le bruit s'étant répandu que de nombreux miracles se produisaient en cet endroit, les pèlerins y accoururent en foule, apportant aux chanoines leurs offrandes, qui servirent à développer les constructions de l'abbaye. Les monarques ne dédaignèrent pas de suivre la foule, et le Mont reçut la visite de Childebert II, de Charlemagne, de Robert-le-Diable, de saint Louis, Louis XI, François Ier, etc.

Les premières origines du bourg établi au pied du Mont remontent à la fin du IXe siècle. A cette époque, quelques habitants de la Neustrie occidentale que ravageaient les Normands, se réfugièrent au Mont pour échapper à leurs ennemis.

A la fin du Xe siècle, le pape Jean XIII, avec l'assentiment du roi Lothaire, et de Richard-sans-Peur, duc de Normandie, établit au Mont Saint-Michel les moines bénédictins du Mont-Cassin.

Parmi les abbés, presque tous hommes des plus remarquables, citons Bernard le Vénerable qui bâtit un prieuré trés fréquenté à Tombelaine, et Robert de Thorigny, un des grands constructeurs de l'abbaye.

Car il semble que la principale préoccupation de tous ces hommes de talent ait été d'élever lentement à travers les siècles l'édifice que nous admirons aujourd'hui.

Aux XIe et XIIe siècles fut édifiée la première église, dont il reste encore aujourd'hui les transepts et quelques travées de la nef.

La *Merveille*, que Vauban considérait comme l'un des édifices les plus étonnants qui soient au monde, date de 1106-1123 ; mais elle fut détruite, et ce n'est qu'en 1203 que sa reconstruction fut entreprise par Jourdain.

Le magnifique cloître qui couronne la Merveille a été commencé par Thomas des Chambres (1225) et achevé par Raoul de Villedieu (1228).

Le Mont Saint-Michel, jusqu'à cette époque, n'avait pas de fortifications ; Raoul Tustin commença les anciens remparts dont il reste encore quelques vestiges et ses successeurs continuèrent son œuvre.

Sous la prélature de Guillaume du Château (1299), Bertrand du Guesclin vint s'établir dans l'île avec sa femme Tiphaine Raguenel.

Pendant le XIV⁰ siècle, la foudre frappa plusieurs fois l'abbaye et y fit de grands dégâts, mais le zèle des abbés architectes ne fut pas ralenti par ces fléaux, et ils continuèrent leur œuvre magnifique.

Au XV⁰ siècle, l'abbaye eut à soutenir des luttes contre les Anglais, qui étaient alors maîtres de toute la Normandie, et qui, de Tombelaine, d'Avranches et de Pontorson, attaquaient chaque jour le Mont Saint-Michel. L'abbé Robert Jolivet lutta énergiquement et victorieusement contre eux de 1410 à 1420 ; il augmentait, entre deux combats, les défenses extérieures du Mont, à l'aide des ressources que lui fournissait Charles VI. Ce sont les remparts actuels. Par un revirement inexpliqué, il abandonna subitement la défense du Mont, se soumit aux Anglais et se retira à Rouen.

Son successeur, Jean Gonault (1444), sous lequel la guerre reprit avec plus de fureur, se signala également comme soldat. Bien loin d'imiter Jolivet, il empêcha plusieurs fois la chute de la forteresse.

Ce n'est qu'en 1450 que la paix fut établie et que l'abbaye fut délivrée de ses impitoyables ennemis.

Louis XI y institua, en 1469, l'*Ordre de Saint-Michel*.

A partir de 1523, les abbés du Mont Saint-Michel devinrent commendataires. Choisis parmi les évêques ou

les cardinaux et ne résidant pas au Mont, ils se désinté-
ressèrent généralement des travaux dont l'abbaye éprou-
vait le besoin. Il fallut un arrêt du Parlement de Rouen
pour obliger François de Joyeuse à restaurer ces magni-
fiques monuments.

Pendant les guerres religieuses du XVIe siècle, l'abbé
commendataire Arthur de Cossé (1570) défendit le Mont
contre les protestants. Toutefois l'abbaye tomba plusieurs fois entre les mains de ces derniers, mais elle leur
fut toujours reprise.

En 1622, les bénédictins de la congrégation de Saint-
Maur furent installés au Mont Saint-Michel, et donnè-
rent un nouvel essor aux pèlerinages. Depuis de longues
années, le Mont était prison d'Etat, et ses cachots regor-
gèrent de prisonniers sous les règnes de Louis XIV et de
Louis XV.

Pendant la régence de Philippe d'Orléans, le comte
de Broglie, en 1721, obtint pour son frère la commende
de l'abbaye en échange de six cents bouteilles de grand
vin de Bourgogne. L'abbé de Broglie conserva sa charge
jusqu'en 1766. Parmi les nombreux prisonniers qui peu-
plaient les cachots à cette époque, citons le poète Des-
roches et Victor de la Cassagne, plus connu sous le nom
de Dubourg.

A la Révolution, les religieux furent dispersés, les
prisonniers délivrés, et la plupart des manuscrits furent
transportés au musée d'Avranches.

Le Monastère ne cessa pas d'être prison d'Etat, ce fut
la Révolution qui y enferma ses ennemis. Napoléon Ier
en fit une maison de correction.

Ces nouvelles appropriations furent très dommagea-
bles à l'œuvre architecturale des abbés du Mont. Bien
des sculptures furent mutilées, des vitraux détruits, les
plus belles salles obstruées par des cloisons, des plan-

chers, sans le moindre souci de la conservation ou de la consolidation des murailles. Aussi, en 1817, une partie de l'ancienne hôtellerie, servant de prison pour les femmes, s'écroula-t-elle avec fracas.

Pendant le règne de Louis-Philippe on entreprit quelques réparations, mais on continua à détériorer le monument en y entassant des prisonniers.

Ce fut à cette époque que les cachots reçurent des hommes politiques, comme Barbès, Blanqui, Raspail, etc.

Un décret en date du 20 octobre 1863 supprima la prison, et le Mont Saint-Michel devint propriété domaniale. Puis l'abbaye fut louée à l'évêque d'Avranches et de Coutances, qui obtint, en 1865, pour l'entretien du monument, un secours annuel de 20,000 francs payé sur la cassette de Napoléon III.

En 1872, le gouvernement fit préparer des projets de restauration du Mont Saint-Michel, et on procéda aux réparations les plus urgentes, entre autres à la consolidation des bâtiments du sud-ouest qui menaçaient ruine (1873).

En 1874, un décret affecta l'abbaye au service des monuments historiques pour en assurer la conservation. Les travaux de restauration décidés furent commencés par M. Edouard Corroyer; ils sont continués aujourd'hui par M. Petitgrand. Les deux architectes de grand talent ont une parfaite entente du style à reconstituer.

Le Mont Saint-Michel vu de la Digue (côté du Sud).

IV

DESCRIPTION DU MONT SAINT-MICHEL

Une excursion au Mont Saint-Michel est une des plus intéressantes que l'on puisse accomplir en France (1).

Le chemin de fer conduit jusqu'à Pontorson, d'où partent les voitures qui mènent au Mont Saint-Michel, dans l'espace d'une heure.

Le paysage environnant a une teinte générale grise, due à la *tangue*, ce dépôt poussiéreux dont nous avons déjà parlé.

La route longe la rivière appelée Couësnon, qui sépare la Bretagne de la Normandie. Par suite même du peu de consistance du sol, le Couësnon a changé plusieurs fois de lit. Autrefois, il déversait ses eaux entre Tombelaine et le Mont : ce dernier était alors breton. Depuis, il s'est creusé un chenal à l'ouest du Mont, ce qui a donné lieu au vieux dicton :

> Le Couësnon,
> Par sa folie,
> A mis le Mont
> En Normandie.

Le pays étant très plat, on n'aperçoit, de toutes parts, que la tangue grise, généralement embrumée et silencieuse. Enfin, la silhouette sombre du Mont Saint-Michel s'estompe à l'horizon et se dessine peu à peu dans la brume.

Autrefois, on abordait difficilement le Mont, et la traversée, soit sur le sable à marée basse, soit en bateau à

(1) Ce petit volume étant uniquement consacré au Mont Saint-Michel, nous recommandons aux personnes qui désireraient avoir de plus amples détails sur les côtes bretonnes et normandes, le *Guide-Album du Touriste*, de M. Constant de Tours. C'est un élégant volume oblong, très bien rédigé et illustré de 110 jolis dessins (Quantin, éditeur).

marée haute, était dangereuse et pénible. Depuis quelques années, on y arrive facilement en tout temps sur une large digue qui le relie à la terre ferme. Ce beau travail, exécuté par le corps des Ponts et Chaussées, a été vivement combattu et il est beaucoup d'hommes intelligents qui se sont laissé entraîner jusqu'à demander sa destruction. Mais le nombre toujours croissant des voyageurs vient attester son utilité.

A mesure que l'on avance sur la digue, le Mont grandit à vue d'œil, et bientôt l'on en distingue tous les détails : la ville de Saint-Michel, collée au roc et surmontant le mur d'enceinte, la plate-forme dominant la ville, la muraille du château couronnant la plate-forme, le château hardiment lancé par-dessus la muraille, l'église perchée sur le château, et sur l'église l'audacieux campanile égaré dans le ciel.

Il est intéressant, à basse mer, de faire, sur la grève, le tour du Mont; on le voit ainsi d'ensemble, sous ses différents aspects, avant de pénétrer dans l'enceinte des fortifications, par *l'avancée*, après laquelle on traverse le ravelin nommé Cour de la Herse ou *barbacane,* et l'on arrive à la Porte du Roi, qui donne accès dans la ville.

LES MICHELETTES

Des deux côtés de la Porte du Roi se trouvent les *Michelettes*, énormes squelettes de canons rongés par les tangues où les Anglais les abandonnèrent, en 1434, après une nouvelle tentative pour s'emparer du château. Cette fois, l'assaut avait été sérieux. L'ennemi comptait si bien mener à bonne fin son entreprise qu'il fit sommer la place d'avoir à se rendre. Mais ce fut en vain, et malgré une lutte acharnée, les assaillants durent se retirer, laissant aux mains de leurs adversaires des armes et des munitions, entre autres les deux fortes bombardes connues sous le nom de michelettes.

Porte du Roi.

LA VILLE

Dans l'unique rue qui, de la Porte du Roi conduit à l'abbaye, sont entassées les quelques maisons qui forment toute la ville. La population, qui, d'après le dernier recensement, n'est que de 211 habitants, se compose de quelques pêcheurs, d'hôteliers et de marchands d'objets de sainteté.

Les constructions qui bordent cette rue

Tour du guet. — Escalier conduisant au Musée.

Eglise du village.

n'offrent rien de bien remarquable, sauf les quelques
restes qui datent du XVᵉ siècle, comme la Tour du Guet,

immédiatement à droite, et la modeste église à gauche.

On voit en passant le « beau logis que du Guesclin fit construire en 1366 pour sa femme Tiphaine de Raguenel, dame bien versée en philosophie et astronomie judiciaire ». C'est le logis primitif récemment restauré.

LE GRAND DEGRÉ

Les rampes de la rue de la ville se continuent par un escalier très large, à emmarchement très doux, établi parallèlement au rempart de l'est. C'est le *Grand degré*, un des deux escaliers par lesquels on arrive à la barbacane ou défense extérieure du châtelet. C'est au haut du Grand Degré qu'a été érigée, le 9 juillet 1889, la croix rapportée de Jérusalem. De ce point, en se retournant, on aperçoit toute la ville avec ses toitures en pente, et plus loin, le rocher de Tombelaine.

LE CHATELET

L'entrée du Châte-
let est formée de deux
grosses tours cylindri-
ques imitant deux piè-
ces de canon posées
sur leur culasse. Sous
la voûte étroite, entre
les pieds des deux
tours, s'élève un esca-
lier vaste et sombre,
qui impressionne vive-
ment le visiteur. Au
haut se trouve une
porte.

Après l'avoir fran-
chie on se trouve dans
la partie du monument
appelée Belle-Chaise,
qui servait d'entrée à
l'abbaye avant la cons-

Châtelet.

truction du Châtelet, et qui se com-pose de deux salles superposées, la salle des Gardes et la salle du Gouvernement.

LA SALLE DES GARDES

La salle des Gardes est lourdement voûtée, et son architecture, simple et sévère, est conforme à sa destination; elle est éclairée par une seule fenêtre à l'est. Au-dessus se trouve la grande salle, dite du Gouvernement, qui servait de lieu de réunion aux officiers de la garnison; elle communique avec la salle des Gardes par un petit escalier intérieur et détourné. Elle est éclairée au nord et au sud par des fenêtres doubles.

LOGIS ABBATIAL

Dans la troisième travée au sud-est de la salle des Gardes se trouve la porte qui donne sur le passage oblique dont les emmarchements conduisent à la cour de l'église. A droite, dans cette cour, sont les soubassements du chœur de l'église; à gauche, les bâtiments abbatiaux.

Le logis abbatial a un très grand aspect; commencé en 1250 par Richard Tustin, il fut achevé seulement vers la fin du XIVᵉ siècle par Pierre Leroy.

Un pont fortifié dont le parapet crénelé est supporté par des mâchicoulis aux riches moulures, passe sur la

Pont fortifié.

cour de l'église et réunit le logis abbatial aux chapelles de l'église basse.

LE SAUT-GAULTIER

Au sortir de la cour de l'église, une série d'escaliers
et de paliers conduit directement à la belle plate-forme
du Saut-Gaultier, au niveau de l'église haute. C'est dans
les premières années du XVIᵉ siècle que Guillaume de
Lamps « fit faire le Saut-Gaultier, ainsi nommé parce
que tel fut le plaisir de cet abbé ». Toutefois, il est
plus exact de dire que cette plate-forme doit son
nom à un jeune sculpteur, Gaultier, prisonnier au Mont-
Saint-Michel sous François Iᵉʳ, qui jouissait d'une
liberté relative grâce à son talent que les abbés utilisaient
pour les travaux du monastère. Pris d'un accès de folie
subite, il se précipita du haut de la plate-forme qui conserva son nom.

Du haut de cette esplanade, la vue embrasse,
par les temps limpides, un splendide panorama
des côtes du Cotentin et de la Bretagne, avec le Mont-
Dol comme point saillant. Sous les pieds du visiteur
sont les substructions considérables qui forment les
soubassements de l'église et des principaux bâtiments
qui l'entourent. De la grande plate-forme du sud-ouest,
située au même niveau, le point de vue est encore plus
vaste qu'au Saut-Gaultier. De là on découvre l'immen-
sité des grèves, la pointe de Carolles derrière laquelle
se trouve Granville, le phare, les iles Chausey, le phare
de Cancale, la pointe du Grouin, Cancale, le Vivier, le
Mont-Dol, Roz-sur-Couesnon et tous les terrains con-
quis sur la mer par la compagnie des Polders.

DISPOSITION GÉNÉRALE DES CONSTRUCTIONS DU MONT.

Après cette première et rapide ascension, nous pouvons nous rendre compte de la disposition générale des constructions du Mont.

Elles se composent de trois zones ou trois étages de bâtiments superposés.

Le premier étage est au niveau de la salle des Gardes. Après avoir gravi la première rampe, au sortir de la cour de l'église, on se trouve au niveau de la seconde zone. Enfin, la plate-forme du *Saut Gaultier* constitue le sol du troisième étage.

Nous allons parcourir de nouveau en détail ces trois zones, en commençant par la plus élevée.

L'ÉGLISE

Si l'on en croit les traditions, l'église qui couronne le rocher aurait été élevée sur les ruines de l'oratoire érigé par saint Aubert au huitième siècle, et de l'église construite au dixième siècle par Richard, petit-fils de Rollon. Il ne subsiste aucun vestige des édifices du huitième et du dixième siècle; mais il existe encore, de l'église romane fondée en 1020, par le duc de Normandie, Richard II, les transepts et la plus grande partie de la nef.

Cette église fut commencée en 1020 par Hildebert II, quatrième abbé du Mont de 1017 à 1023, que Richard II chargea du détail des travaux. C'est à Hildebert II qu'il faut attribuer les vastes constructions de l'église romane qui, principalement du côté occidental, ont des proportions gigantesques.

« Cette partie du Mont Saint-Michel, dit M. Corroyer, est des plus intéressantes à étudier; elle démontre la grandeur et la hardiesse de l'œuvre de l'architecte Hildebert. Au lieu de saper la crête de la montagne et surtout pour ne rien enlever à la majesté du piédestal, il forma un vaste plateau, dont le centre affleure l'extrémité du rocher, dont les côtés reposent sur des murs et des piles, reliés par des voûtes, et forment un soubassement d'une solidité parfaite.

« Cette immense construction est admirable de tous points : d'abord par la grandeur de la conception et ensuite par les efforts qu'il a fallu faire pour la réaliser au milieu d'obstacles de toute nature résultant de la situation même, de la difficulté d'approvisionnement des matériaux et des moyens restreints pour les mettre en œuvre »

L'église fut achevée vers 1113 par Bernard du Bec, treizième abbé du Mont. Ce vaste édifice avait alors la forme d'une croix latine, figurée par la nef composée de sept travées, par les deux transepts, et enfin par le chœur. Il subsiste de l'église romane : quatre travées de la nef, les deux transepts, avec les chapelles semi-circulaires pratiquées dans les faces est, et enfin les amorces du chœur ruiné en 1421.

LA NEF

La nef de l'église se composait de sept travées, mais les trois premières furent détruites en 1776 par un immense incendie dont on voit encore aujourd'hui les traces.

Après sa mutilation, la nef fut fermée, vers 1780, par une façade construite selon la *mode* de ce temps, sans style et d'un aspect désagréable.

Le vaisseau est formé de trois parties, c'est-à-dire d'une grande nef centrale et de deux bas-côtés, relativement étroits.

La Nef.

Crypte des gros piliers

LE CHŒUR

Le chœur actuel s'éleva de 1450 à 1451 sur l'emplacement agrandi du chœur roman ruiné en 1421. Bien qu'il soit bâti tout en granit fort dur, ainsi que les autres bâtiments du Mont, il est très délicatement ouvragé ; « son rayonnant hémicycle de piliers, d'arcades, de chapelles, la prodigieuse hardiesse de la voûte, qui ferme à 22 mètres au-dessus du parvis, son gracieux éventail d'arceaux, les belles ogives brodées en cœur, en flammes, au fond de chaque travée, émerveillent le regard. » (B. Boliedon.)

Le chœur se compose d'une nef centrale, enveloppée d'un bas-côté autour duquel rayonnent des chapelles.

La différence de niveau entre l'église haute et le sol extérieur a nécessité la construction de soubassements considérables ; ils ont formé la crypte ou église basse, dite des Gros-Piliers, laquelle reproduit, avec une simplicité robuste, les dispositions du chœur.

Un escalier, ménagé dans l'épaisseur d'un contrefort au sud, prend naissance dans l'église basse, qu'elle met en communication avec l'église haute, monte au-dessus des chapelles et aboutit au comble supérieur en franchissant, sur un escalier, — appelé très justement l'*escalier de dentelle*, et supporté par un des arcs-boutants supérieurs, — l'espace compris entre le contrefort du bas-côté et la balustrade surmontant la corniche du chœur.

Du haut de cet escalier, on aperçoit un panorama immense, et l'aspect du Mont lui-même est des plus intéressants.

3

Escalier de Dentelle.

LA MERVEILLE

On donna ce nom, dès l'origine, aux constructions gigantesques, accolées au nord de l'église et qui forment la façade nord du Mont Saint-Michel, du côté où l'on remarque un petit bois, dernier vestige de l'antique forêt de Scissy.

Cette immense construction se compose de trois étages : l'étage inférieur comprend l'aumônerie et le cellier ; l'étage intermédiaire, le réfectoire et la salle des Chevaliers ; l'étage supérieur, le dortoir et le cloître.

La Merveille date des premières années du XIII⁰ siècle, de 1203 à 1228.

Ces superbes bâtiments, construits entièrement en granit, furent élevés d'un jet hardi, sur un plan savamment et puissamment conçu, sous l'inspiration de Jourdain, 17⁰ abbé du Mont, et que les successeurs de cet abbé suivirent religieusement jusqu'à la fin. « Il faut rendre hommage à cette œuvre grandiose, dit M. Corroyer, et l'admirer, en songeant aux efforts énormes qu'il a fallu faire pour la réaliser en vingt-cinq ans, au sommet d'un rocher escarpé, séparé du continent par la mer ou une grève mobile et dangereuse, cette situation augmentant les difficultés du transport des matériaux qui provenaient des carrières de la côte, d'où les religieux tiraient le granit nécessaire à leurs travaux. Une partie de ces matériaux, fort peu importante du reste, était extraite de la base du rocher même ; mais si la traversée de la grève était évitée, il existait néanmoins de grands obstacles pour les mettre en œuvre après les avoir montés au pied de la Merveille, dont la base est à plus de 50 mètres au-dessus du niveau de la mer.

Face nord-est du Mont Saint-Michel.

Notre gravure représente une vue d'ensemble de la face nord du Mont Saint-Michel. Elle montre la façade septentrionale de la Merveille et ses chemins de ronde au pied ; au-dessus, l'église avec sa nef romane réduite à quatre travées, son lourd clocher moderne et sa nef du quinzième siècle ; à gauche, sur les escarpements du rocher, les remparts, au-dessus desquels se voient l'entrée de l'abbaye et quelques maisons de la ville ; à droite, au bas du rocher, la chapelle Saint-Aubert ; vers le milieu, les ruines de la tour fortifiée qui renfermait la fontaine Saint-Aubert ; sur les rampes du rocher, les vestiges de l'escalier montant aux chemins de ronde.

Les divers étages de la Merveille doivent être l'objet d'une description particulière que nous ferons dans l'ordre où ils ont été bâtis.

L'aumônerie à l'est et le cellier à l'ouest, formant l'étage inférieur sont le premier ouvrage de Jourdain, commencés par lui vers 1203, suivant un plan savamment conçu, ainsi que le prouve la construction de ces deux salles basses, prévoyant par la disposition des piles inférieures, la superposition, sur ces piles, des colonnes supportant les voûtes des deux salles hautes, le réfectoire à l'est et la salle des chevaliers à l'ouest.

L'AUMONERIE

L'aumônerie ou salle des aumônes, partie orientale des bâtiments inférieurs de la Merveille, est composée de deux nefs. Les voûtes reposent sur de fortes colonnes dont la base et le chapiteau sont carrés. Elle est éclairée par huit fenêtres étroites, percées entre les contreforts, deux à l'est et six au nord.

La porte s'ouvre au sud sur une petite cour ; sous le porche qui la précède se trouve l'entrée de l'escalier renfermé dans la tour des Corbins, à l'angle sud-est de Merveille. Cet escalier aboutit au dortoir.

A l'extrémité de la salle de l'aumônerie, vers l'ouest, une ouverture la fait communiquer à niveau avec le cellier. A droite de cette porte se trouve l'entrée de l'es-

L'Aumônerie.

calier ménagé dans l'épaisseur du contrefort, au point de jonction des deux bâtiments est et ouest. Cet escalier monte à la salle des chevaliers et au dortoir.

LE CELLIER

Le cellier est formé de trois nefs dont les voûtes, ogivales et très aiguës dans les deux nefs latérales, reposent sur des piles carrées supportant les colonnes de la salle des chevaliers au-dessus. Il est éclairé par cinq étroites fenêtres en ogive percées entre les contreforts. Vers l'ouest, une grande porte s'ouvre sur les terrasses et jardins en contre-bas. A droite de la porte, un escalier pratiqué dans l'épaisseur du mur conduit à la salle des chevaliers au-dessus.

Le cellier a été appelé Montgommerie ou Montgommery, depuis la tentative infructueuse faite par ce partisan, en 1591, pour s'emparer par surprise du Mont Saint-Michel.

LE RÉFECTOIRE

Le réfectoire, commencé par Jourdain et achevé par son successeur, Raoul des Isles, vers 1215, est sans contredit la plus belle salle de la Merveille. Il se compose d'une double nef dont les voûtes reposent sur une épine de colonnes fondées sur celles de l'aumônerie.

Les proportions de cette salle sont des plus heureuses et, en raison de la simplicité des détails de l'architecture, l'effet général est très grand.

Le réfectoire est éclairé par neuf grandes fenêtres : six au nord, deux à l'est et une au sud, vers la tour des Corbins. Elles s'élèvent dans toute la hauteur du vaisseau et sont munies d'un banc en pierre à leurs bases.

Dans la partie latérale nord, au-dessous d'une des fenêtres dont le glacis inférieur est plus élevé que les autres au-dessus du sol, des latrines sont établies très ingénieusement ainsi que les deux entrées, *discrètes*, pratiquées obliquement dans l'épaisseur des murs.

A l'extrémité du réfectoire, vers l'ouest, sur le mur

qui le sépare de la salle contiguë des chevaliers, se
trouvent deux gigantesques cheminées.

Le Réfectoire.

Les degrés qui partent de l'entrée du réfectoire montent au dortoir, au cloître et à l'église.

LA SALLE DES CHEVALIERS

La salle dite des chevaliers fut commencée vers 1215 par Raoul des Isles, mort en 1218. Thomas des Chambres, qui lui succéda, la termina vers 1220. Elle ne prit le nom de *salle des Chevaliers* qu'après l'institution de l'ordre de Saint-Michel, fondé par Louis XI en 1469; c'était auparavant la salle des assemblées générales ou celle du chapitre de l'abbaye. Selon Viollet-le-Duc, cette salle était probablement, au treizième siècle, le dortoir de la garnison.

Quoi qu'il en soit, les dispositions générales de la salle des chevaliers indiquent qu'elle était destinée à des réunions nombreuses. Ce qui le prouve, ce sont, indépendamment de ses vastes proportions, les trois latrines établies spécialement et uniquement pour le service de cette salle; deux sont placées au nord, en dehors, entre les contreforts reliés par des arcs. Elles sont précédées chacune d'un petit retrait, communiquant avec la salle, éclairé par deux rangs de fines arcatures trilobées.

Une troisième latrine se trouve dans l'angle sud-ouest. On y accède par une petite porte en pan coupé et un passage ménagé dans l'épaisseur des murs ouest.

La salle des chevaliers est formée de quatre nefs d'inégales longueurs; les deux premières rangées de colonnes, vers le Nord, reposent sur les piles du cellier; la troisième rangée est fondée sur le rocher. Les voûtes retombent sur des colonnes à bases octogonales très finement taillées.

Deux grandes cheminées existent sur le mur de face nord; leurs larges manteaux pyramidaux montent jusqu'à la voûte où leurs sommets sont très heureusement mariés avec elle.

Salle des Chevaliers,

La salle est éclairée, au nord, par des fenêtres de formes différentes, et à l'ouest par une grande baie vitrée. A l'est, une petite porte donne accès à l'escalier partant de l'aumônerie et aboutissant au dortoir et au crénelage nord. Sur le bas-côté sud, un passage latéral élevé de deux mètres au-dessus du sol de la salle, fait communiquer le réfectoire avec les autres parties de l'abbaye, notamment avec l'église, le promenoir ou ancien cloître, et les souterrains à l'ouest.

Dans l'angle intérieur nord-ouest, à côté de l'escalier descendant au cellier, se trouve l'entrée du Chartrier, bâti sur l'angle extérieur nord-ouest de la Merveille.

Le Chartrier se compose de trois petites salles superposées, dont la première seule est voûtée ; une vis de Saint-Gilles les fait communiquer intérieurement entre elles et le deuxième étage aboutit à la galerie ouest du cloître.

L'administration a réuni, au Chartrier, diverses curiosités trouvées dans les fouilles pratiquées au mont Saint-Michel : monnaies, débris de vêtements, crosses, fragments de vitraux, de vases et de dalles armoriées.

LE DORTOIR

Le dortoir est une vaste salle qui fut construite par Thomas des Chambres (1225). Il est éclairé au nord et au sud, par une série de petites fenêtres longues et étroites, affectant la forme de meurtrières. A l'est, deux grandes fenêtres, d'où la vue est magnifique, éclairaient et ornaient l'extrémité orientale du dortoir.

LE CLOITRE

Du bas-côté nord de l'église, un passage conduit à la galerie sud du *Cloître*, achevé par Raoul de Villedieu en 1228.

Le Cloître.

La forme générale du cloître est un quadrilatère irré- gulier, composé de quatre galeries, qui entourent le préau découvert ou aire du cloître. C'est l'un des plus curieux et des plus complets parmi ceux que nous pos- sédons en France. L'arcature se compose de deux ran-

gées de colonnettes se chevauchant. Les motifs de sculp-
ture décorant les tympans des arcatures sont tous différents les uns des autres, composés avec la plus extrême
habileté, et exécutés dans la plus grande perfection.

Dans la galerie sud se trouve le *lavatorium*, fontaine
où les moines devaient se laver les pieds à l'époque de
certaines cérémonies. A l'extrémité de la galerie se
trouve le dortoir. Au milieu, la porte par laquelle il faut
passer pour descendre dans les immenses et innombra-
bles salles souterraines.

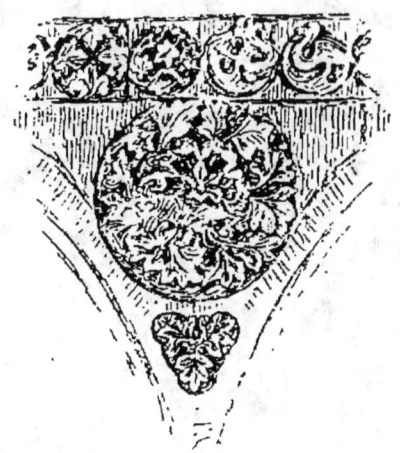

Tympan du Cloître.

LE CACHOT DU DIABLE

Quelques degrés délabrés conduisent dans une sorte
de cave, que les prisonniers désignaient sous le nom de
cachot du Diable.

Cette pièce servait autrefois de vestibule à la salle des
chevaliers et au promenoir, dans lequel on entre de
plain-pied.

LE PROMENOIR

Le promenoir était le cloître primitif, avant la construction du nouveau cloître terminé par Raoul de Villedieu en 1228. Cette double galerie, de quatre colonnes
sans bases, est l'œuvre de Robert de Thorigny, et date
de la fin du douzième siècle.

Promenoir ou ancien Cloître.

A la suite du promenoir se trouve la longue galerie
dans laquelle était située la cage de fer, dans l'enfonce-
ment d'une voûte semi-circulaire.

LA CAGE DE FER

Cette célèbre cage était en bois dans les derniers temps ; elle fut détruite en 1777, par le duc de Chartres, devenu plus tard le roi Louis-Philippe. On n'en montre plus que l'emplacement.

A droite de la galerie de la cage de fer, une petite porte conduit à des pièces voûtées qui servaient jadis de cellier à l'hôtellerie. On ne voit plus que les ruines de cette dernière ; la croisée qui est dans la galerie, côté du midi, était autrefois une porte qui y conduisait.

Cette partie visitée, on revient sur ses pas et on descend dans la crypte de l'aquilon.

LA CRYPTE DE L'AQUILON

Cette pièce romano-gothique est due, comme le promenoir, au-dessous duquel elle est située, à Robert de Thorigny. Elle est divisée en deux nefs par trois piliers romans. La Crypte de l'Aquilon avec son escalier est d'un aspect tellement saisissant qu'on l'a reproduite dans le décor du cimetière des nonnes dans l'opéra de *Robert-le-Diable*.

L'administration des prisons y avait fait construire des cachots.

Au bout de la crypte, un petit escalier conduit dans une dizaine d'autres cachots, parmi lesquels nous citerons :

Les Deux Jumeaux, ainsi nommés parce que leurs portes sont accolées l'une à l'autre.

Crypte de l'Aquilon.

L'In-pace, situé en face, est le cachot horrible où l'on enferma Barbès.

LE CHARNIER

En revenant dans la crypte de l'aquilon, au palier de l'escalier qui monte au promenoir à droite, s'ouvre une porte qui donne entrée dans les catacombes.

Leur voûte immense, bâtie en cailloutis sans nervures et élevée de dix mètres, est sombre et lugubre. Au bout de ce cimetière, qui présente une superficie de cent cinquante mètres et qui est situé sous la nef de la basilique, on remarque un canal sombre appelé *oubliettes*, qui recevait primitivement une rare lumière par une ouverture pratiquée au sommet.

Auprès de ce couloir, du côté du midi, on trouve la chapelle Saint-Etienne ; elle était l'une des plus belles de cette partie du monument, mais deux murs bâtis aux deux extrémités la diminuent de moitié. Au fond de cette chapelle est un escalier conduisant à des salles qui se trouvent au-dessous, et qui servaient de lieu de sépulture, ainsi que l'indiquent les nombreux ossements qui y ont été trouvés.

En face de la chapelle Saint-Etienne, on voit la chapelle de Notre-Dame des Trente-Cierges, ainsi appelée parce que trente cierges brûlaient toujours devant la statue de la Vierge.

Depuis 1817, cette chapelle est occupée par une immense roue, que tournaient les prisonniers en marchant à l'intérieur à la manière des écureuils, et qui servait à monter les provisions sur un plan incliné ou *poulain*.

4

CONCLUSION

Il s'en faut que cette description rapide, même aidée de l'illustration, puisse donner une idée complète des merveilles du Mont Saint-Michel.

Nous avons supposé que le visiteur parcourt en une seule fois toute la série des bâtiments de l'abbaye, en montant de l'entrée à l'église par le châtelet et le logis abbatial, visitant les diverses parties de l'église, depuis l'église basse jusqu'à l'escalier de dentelle, traversant les trois étages de la Merveille, puis s'enfonçant dans le dédale des constructions souterraines.

Mais, pour bien connaître le Mont, après cette première vue d'ensemble, il faut examiner l'une après l'autre chacune de ses parties, l'église, la Merveille, les autres constructions abbatiales ou défensives, les remparts, le village, l'île entière et ses environs, y compris Tombelaine, autrefois dépendance fortifiée du monastère.

Le gardien de l'Abbaye renseigne les visiteurs avec la plus grande complaisance et d'une façon très intelligente.

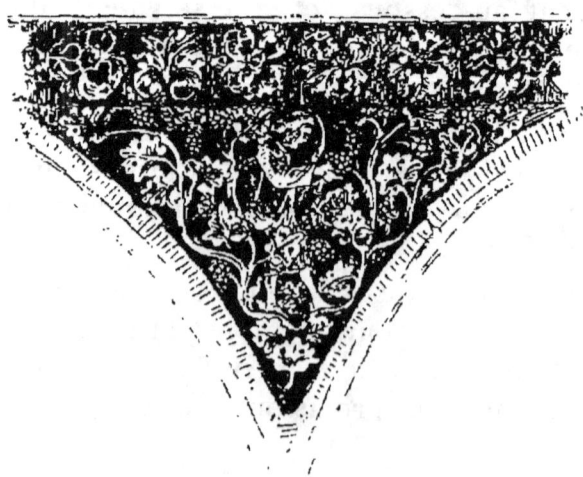

Tympan du Cloître.

LE MUSÉE

V

LE MUSÉE

D'une visite, même rapide, au Mont Saint-Michel, se dégage une impression d'admiration profonde pour les générations qui ont élevé ces murs et qui y ont vécu.

Cette admiration n'est pas sans un certain mélange d'étonnement, en présence des proportions gigantesques qu'affectent toutes les parties du superbe édifice. Il semble que ceux qui ont construit ces immenses salles, ces cheminées énormes, ces degrés majestueux, aient été des colosses, et cette impression est d'autant plus vive que le visiteur se sent comme perdu, comme rapetissé en parcourant la série interminable des salles désertes et silencieuses.

Tel, le naturaliste, dans les couches inférieures du globe, retrouve les traces stupéfiantes de races gigantesques aujourd'hui disparues! Mais le naturaliste reconstitue ces races et, s'il ne les fait pas revivre, du moins il rend à leurs restes informes l'apparence de la vie.

Ne pourrait-on essayer de même la reconstitution de quelques-unes des scènes grandioses dont le Mont Saint-Michel a été le théâtre? Ne pourrait-on montrer à tous les yeux ce qu'étaient les principaux personnages qui y ont joué un rôle ?

Cette question qui se posa, par la seule force des circonstances, est l'origine première du Musée reconstitutif érigé au sud-ouest et à mi-côte du Mont.

Le Musée est une des principales curiosités du Mont-Saint-Michel.

Vue du Mont Saint-Michel, prise du Sud-Ouest.

Il est situé près de l'abbaye, immédiatement au-
dessous du saut Gaultier, ainsi que l'indique notre
gravure, page 54.

L'entrée est derrière la maison Rouge, dépendance
de l'hôtel Poulard aîné.

Porte du Musée.

Ce Musée, signalé de loin par la statue dorée d'un
chevalier tenant un étendard, renferme, outre un grand
nombre de documents historiques, la reconstitution
presque vivante des principaux épisodes de l'histoire du
Mont Saint-Michel.

GRAND DIORAMA

UN COMBAT SUR LES GRÈVES AU XIIIe SIÈCLE

Cette toile dioramique, d'un grand effet, nous fait assister à une des nombreuses luttes qui eurent pour théâtre les tangues voisines du Mont, dans le cours du XIIIe siècle.

Guy de Thouars, chef des Bretons, vient attaquer le Mont, qu'il parvient à incendier en partie, mais il est repoussé par les habitants du village et par les moines.

Tout est vrai dans cette toile dioramique. Le ciel gris et la tangue grise de la baie, les costumes de l'époque, les mouvements des guerriers.

Sur le premier plan, la tangue est jonchée de guerriers morts ou blessés au milieu de débris de toutes sortes : flèches, javelots, épées, boucliers, oriflammes.

Au second plan, la bataille fait rage : archers et chevaliers luttent avec ardeur. Un cheval se cabre, démontant son cavalier. Les autres piaffent de terreur dans le sol inconsistant de la grève. L'ensemble est plein de vie : l'éclat des armes, les couleurs des oriflammes contrastent vivement sur l'horizon calme de la mer.

Dans le fond apparaît le Mont Saint-Michel, l'immense baie et la pointe de Carolles.

Grand Diorama.
Un combat sur les Grèves au XIIIᵉ siècle.

ROBERT DE THORIGNY

AU MILIEU DE SES MANUSCRITS (1154).

Robert de Thorigny, élu abbé du Mont Saint-Michel en 1154, fut un des plus illustres. Deux ans après son élection, il érigea à la vierge Marie, dans la crypte du nord ou de l'Aquilon, un autel que Hugues, archevêque de Rouen, consacra le 16 juin 1156.

Robert de Thorigny porta le nombre des religieux de quarante à soixante. Il modifia la destination des bâtiments abbatiaux, qui à cette époque existaient seulement au nord ; il les agrandit en les étendant à l'ouest et au sud de l'église romane. Au nord, il transforma en dortoirs l'hôtellerie et l'infirmerie, et reporta ces dernières au midi, en les séparant complètement des logements réguliers.

Les constructions que Robert de Thorigny éleva de 1154 à 1186 sont : 1º l'hôtellerie et l'infirmerie au sud ; 2º les bâtiments à l'ouest entourant les substructions romanes, et 3º les deux tours reliées par un porche en avant de la façade romane.

On voit que les travaux de Robert de Thorigny ont eu une importance considérable pour le monastère, que sa sage administration avait placé dans une situation prospère. Ces travaux architectoniques ne le cèdent d'ailleurs en rien aux œuvres théologiques, littéraires et scientifiques dont il enrichit l'abbaye, qu'il avait rendue célèbre tout en lui donnant, pendant les trente-deux années qu'il la gouverna, les plus beaux exemples de toutes les vertus. Aussi l'époque de Robert de Thorigny doit-elle être considérée comme une des périodes les plus grandes et les plus brillantes de l'histoire du Mont Saint-Michel.

Robert de Thorigny
au milieu de ses manuscrits (1154).

BERTRAND DU GUESCLIN ET SA FEMME TIPHAINE DE RAGUENEL (1366).

BERTRAND

Toi qui lis dans les cieux comme on lit dans un livre,
Toi, Tiphaine, pour qui je voudrais toujours vivre,
Ne lis-tu pas là-haut qu'il me faudra mourir?
Que mon seigneur le roi me dira de partir?
Pour guerroyer contre l'Anglais, contre l'Espagne.
Tandis que, loin de toi, je tiendrai la campagne,
Un arbalétrier, le dernier des vilains,
Peut, d'un carreau lancé de ses débiles mains,
M'atteindre au cœur et mettre bas le connétable.

TIPHAINE

Oui, tu mourras, Bertrand. Puissant ou misérable,
Connétable, vilain, roi, chacun doit mourir.
Mais toi, Bertrand, mon roi, dont le nom fait frémir
L'Anglais et l'Espagnol, les multitudes viles,
Même quand tu mourras, tu conquerras des villes.
Voilà ce que j'ai lu tout là-haut, dans les cieux.

BERTRAND

Tiphaine, je ne sais lire que dans tes yeux!
Eux seuls n'ont eu pour moi ni mystères ni voiles!
Ce sont tes deux yeux bleus qui me servent d'étoiles!

Bertrand Duguesclin et sa femme Tiphaine de Raguenel.
(1366).

LE COMTE GILLES CONDAMNÉ A MOURIR DE FAIM

ET SECOURU PAR UNE PAYSANNE (XVe SIÈCLE).

En 1450, François 1er, duc de Bretagne, fit enfermer son frère Gilles dans un des cachots du Mont Saint-Michel, dans l'intention de l'y laisser mourir de faim. Par un étroit grillage, une paysanne apportait des vivres au comte Gilles. François, trouvant qu'il ne mourait pas assez vite, le fit empoisonner.

Au service funèbre qui fut célébré en grande pompe à l'abbaye du Mont Saint-Michel, un moine assigna François à comparaître, dans les quarante jours, devant le trône de Dieu, pour rendre compte du meurtre de son frère.

En effet, le duc de Bretagne mourut quarante jours après le comte Gilles, sous le poids du remords.

Cette dramatique histoire est fort bien racontée dans un roman très vivant de Paul Féval, *la Fée des Grèves*, dont l'action se passe toute entière au Mont Saint-Michel, à l'époque du comte Gilles.

Le comte Gilles condamné à mourir de faim et secouru
par une paysanne,

GAULTIER SCULPTANT LES STALLES DE L'ABBAYE

(XVIᵉ siècle)

Nous avons déjà vu que, sous François Iᵉʳ, roi de France, le jeune sculpteur Gaultier fut enfermé au Mont Saint-Michel, où les abbés utilisaient son talent pour la décoration des stalles du chœur.

Ces stalles, très bien conservées, dénotent, chez celui qui les a ornées, un réel talent sculptural. Elles sont fouillées avec une habileté consommée, et un goût fort original, qui répond d'ailleurs à l'ensemble de la décoration du chœur que nous avons déjà signalée comme étant merveilleusement belle. Ce qui frappe surtout dans ce travail, c'est le temps prodigieux qu'il a fallu consacrer à l'exécution des plus petits détails.

Gaultier jouissait, par suite même de son emploi, d'une liberté relative qui lui permettait de parcourir les diverses parties de l'abbaye. On raconte qu'un jour, pris d'un accès de folie, il se précipita du haut de la plate-forme située au niveau de l'Eglise haute et qui, depuis cette époque, a conservé le nom de *Saut-Gaultier*.

Gaultier sculptant les stalles de l'Abbaye.

LE MASQUE DE FER

L'*Homme au Masque de Fer* est un nom générique qui, pendant un demi-siècle, a servi à désigner divers personnages de marque internés dans les principales prisons d'Etat de la France, et qui tous portaient sur le visage un masque noir en fer ou plutôt en velours.

Il est à remarquer, en effet, que la coutume italienne de porter sur le visage un loup de velours, introduite à la cour de France par les Médicis, était devenue une mode assez répandue.

Il s'agit donc non d'un prisonnier mystérieux, mais de plusieurs prisonniers qui furent vus, pendant un intervalle de temps de près de cinquante ans, au château de Pignerol, à l'île de Sainte-Marguerite, au Mont Saint-Michel et à la Bastille.

Il y a probablement une part de vérité dans plusieurs des suppositions qui ont été faites relativement à l'identité de l'homme au Masque de fer. On a pu désigner sous ce nom un frère jumeau de Louis XIV; le comte de Vermandois, fils naturel de Louis XIV et de Mlle de la Vallière, emprisonné pour avoir souffleté le grand Dauphin; le duc de Beaufort, qui disparut mystérieusement au siège de Candie en 1669; un fils adultérin d'Anne d'Autriche; le patriarche arménien Avedyck; le surintendant des finances Fouquet; un fils de Christine de Suède et de Monadelschi; un fils de Cromwell; un amant de Louise d'Orléans, etc.

Le Masque de fer.

DUBOURG MANGÉ PAR LES RATS DANS LA CAGE DE FER (1745)

Le véritable nom de Dubourg était : Victor de la Cassagne, journaliste hollandais, qui avait pris la liberté de censurer les actes du roi de France, Louis XV.

Il fut enlevé, sur le territoire hollandais, par les agents de la police royale, et jeté dans un des plus affreux cachots du Mont Saint-Michel.

Touché par ses supplications, le prieur du Mont fit parvenir à sa femme, mère de quatre enfants, à Leyde, un billet lui apprenant qu'il vivait encore, mais qu'il était comme enterré vivant au Mont Saint-Michel.

Enterré était le mot. Affaibli par le chagrin et par les privations, Dubourg mourut dans la nuit du 27 août 1746. Au matin on trouva son corps rongé par une légion de rats.

Nous croyons intéressant de reproduire ici son acte de décès :

SAINT-PIERRE DU MONT SAINT-MICHEL

DÉCÈS
de
DUBOURG
—
27 Août 1746

L'an mil sept cent quarante et six, le vingt et septième jour d'aoust, a été par nous prêtre, curé de ce dit lieu, soussigné, dans le cimetière de notre paroisse, inhumé le corps du nommé Dubourg, âgé d'environ trente et six ans, décédé de cette nuit dernière dans une cage située dans le château de cette ville, où il était détenu par les ordres de Sa Majesté, en présence de M. Jacque Pichot, sous-lieutenant de cette ville et de Claude Serrant aussi bourgeois de cette dite ville.

Signé : Claude Serrant, J. Pichot,
J. Cosson, C. D. M.

(Copie littérale des actes de l'Etat-civil).

Dubourg mangé par les rats (1745).

COLOMBAT DANS UN « IN-PACE » (1835)

Colombat était un peintre qui, à la suite d'une manifestation politique en 1832, fut détenu au Mont Saint-Michel.

Ayant fait des fouilles dans la pièce où il était détenu, il parvint à l'entrée d'un puits, dans lequel il descendit à l'aide d'une corde. A sa grande terreur, il aperçut, à l'aide de la demi-clarté que sa lanterne sourde projetait dans les ténèbres de ce gouffre, des amas de squelettes dans toutes les attitudes. Les uns gisaient pêle-mêle sur le sol humide où erraient des légions d'araignées et de scolopendres ; d'autres, retenus au mur par des carcans d'acier, témoignaient que les malheureux enfermés dans cet abîme y étaient morts lentement de faim.

C'était une oubliette ou *in-pace*.

Après deux tentatives infructueuses, il parvint enfin à s'évader par un conduit souterrain donnant accès sur les grèves. Il se réfugia à Jersey, et ne revint en France qu'en 1848, lors de l'amnistie accordée aux condamnés politiques. Il s'établit à Caen où il ouvrit un restaurant : *A la Descente du Mont Saint-Michel*, et où il racontait volontiers les détails de son internement et de son évasion. Il est mort en 1881.

Colombat dans un *in pace* (1835).

LA PRISON DE BLANQUI.

Blanqui, à la fois théoricien politique et homme d'action, se trouva mêlé aux événements qui amenèrent la Révolution de juillet et y prit une part active. Seulement, le résultat politique des trois journées fut pour lui une profonde déception, car l'état de choses établi par la monarchie de juillet cadrait peu avec ses idées avancées. Aussi prit-il part à tous les mouvements insurrectionnels qui signalèrent les débuts du règne de Louis-Philippe. Pour ce fait, Blanqui fut incarcéré, en 1832, dans un des cabanons du Petit-Exil, où il ne lui était même pas possible d'approcher de la fenêtre à double grille, d'où il aurait pu apercevoir un coin des grèves et des côtes normandes.

Blanqui a raconté lui-même, dans son *Histoire de Dix Ans*, tous les événements auxquels il a pris part pendant cette époque troublée.

Il n'a d'ailleurs jamais cessé de prêcher les théories politiques et sociales les plus avancées, et il a fait école, son nom étant aujourd'hui encore le drapeau d'une petite fraction du parti socialiste, les Blanquistes.

Blanqui dans sa prison (1832).

BARBÈS AU CACHOT.

Originaire du Midi, Barbès, sans professer des théories politiques aussi avancées que celles de Blanqui, prit néanmoins part avec une fougue toute méridionale aux événements qui mirent fin au gouvernement de la Restauration. Entraîné par ses idées libérales à participer aux faits et gestes de ses collaborateurs politiques, il fut, comme Blanqui, enfermé au Mont Saint-Michel.

Ayant tenté de s'évader par le Saut-Gaultier au moyen d'une corde trop courte de quatre mètres, il tomba sur le rocher et se fractura la jambe. Ayant été repris, il fut jeté dans l'infect cachot obscur qui fait face aux *Deux Jumeaux*, après avoir essuyé maintes brutalités de la part de ses gardiens.

Les populations du Midi de la France, celles du Languedoc surtout, professent la plus grande admiration pour le caractère de Barbès, qui la mérite d'ailleurs. Quel que soit le parti auquel on appartienne, on ne peut méconnaître la virilité et l'intégrité de cet ardent républicain.

La ville de Carcassonne lui a élevé une statue.

Barbès dans son cachot (1836).

LA PRISON DE RASPAIL.

Raspail, célèbre à la fois comme savant et comme homme politique, est devenu populaire surtout à cause du système de médication qu'il a préconisé et dans lequel domine l'emploi du camphre. Son *Annuaire de la Santé* est devenu le *vade-mecum* d'un grand nombre de personnes qui le tiennent en haute estime.

Les idées avancées que professait Raspail, tant en fait de science qu'en fait de politique, lui firent beaucoup d'ennemis.

Comme Blanqui et Barbès, il prit une part considérable aux polémiques qui amenèrent les événements de 1830 et fut condamné maintes fois à la prison.

En 1831, à la suite des mouvements insurrectionnels qui agitèrent Paris, Raspail eut à subir, ainsi que Barbès et Blanqui, les rigueurs réservées aux internés politiques (1831), et fut enfermé au Mont Saint-Michel.

Sous le second empire, Raspail ne cessa jamais de faire partie de l'opposition. Aussi la troisième République le vit-elle sénateur et chef écouté du parti avancé.

Raspail dans sa prison (1831).

Chapelle de Saint-Aubert.

AUTRES CURIOSITÉS DU MONT.

Les remparts présentent un certain intérêt. En suivant leur ligne continue on se rend compte de la puissance qu'offraient les défenses du Mont.

Tout à l'ouest de l'île se trouve la vieille chapelle de Saint-Aubert, pittoresquement perchée au sommet d'un roc.

Au pied du bois qui couvre les pentes au haut desquelles s'élève la Merveille, on peut encore visiter la fontaine de Saint-Aubert, et les restes d'une tour destinée à protéger les plans inclinés aboutissant en cet endroit.

Nous avons indiqué une promenade à pied sur les tangues, autour du Mont, comme présentant un grand intérêt. Une promenade en bateau n'est pas moins intéressante.

Sur les tangues, on peut faire le tour du Mont en une demi-heure. Les endroits dangereux en sont tous relativement éloignés et ils sont aujourd'hui parfaitement connus. D'ailleurs, des guides, dont toute la ville vous dira les noms, vous accompagneront si vous désirez parcourir sans la moindre inquiétude toute l'étendue des grèves.

On peut pousser jusqu'à Tombelaine.

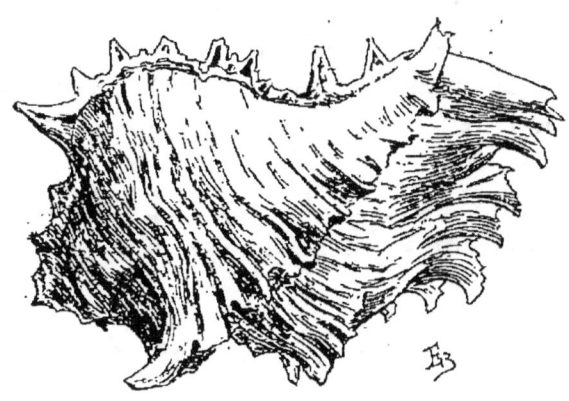

RENSEIGNEMENTS DIVERS

VOITURES

A Pontorson, à Granville, à Avranches, on trouve des voitures pour le Mont Saint-Michel et le prix est à débattre.

A Pontorson, l'entreprise Lemoine et l'entreprise Levallois conduisent les voyageurs pour 2 fr. 5o par personne (aller-retour).

CHEMIN DE FER DE L'OUEST

Itinéraires recommandés

La Compagnie de l'Ouest délivre des billets aller-retour avec arrêt à Granville et valables pendant six jours de Paris au Mont Saint-Michel. Prix du billet : en 1re classe, 56 fr. : en 2e classe, 45 fr.

Les billets circulaires allant jusqu'à Saint-Malo et jusqu'à Saint-Brieuc donnent aussi droit à s'arrêter au Mont Saint-Michel.

Des billets, aller et retour, sont aussi établis entre le Mont et les différentes villes du réseau, à prix réduits.

TABLE DES MATIÈRES

Paris. — Imp. P. Mouillot, 13, quai Voltaire. — 37491.

TRAITÉ

PRATIQUE

DE

Vélocipédie

HISTORIQUE

CONSEILS AUX DÉBUTANTS ET AUX AMATEURS

PROMENADES ET VOYAGES

HYGIÈNE, ORDONNANCES, CHOIX DES MEILLEURES MACHINES

PAR

Amédée MAQUAIRE

Membre de l'Union vélocipédique de France
De la Société d'encouragement pour le développement de la vélocipédie en France
Du " Cyclists' Touring Club ", etc.

PRIX : **UN** FRANC

TABLE DES MATIÈRES

CONTENUES DANS LE

TRAITÉ PRATIQUE DE VÉLOCIPÉDIE (1)

Par Amédée MAQUAIRE

(1) Pour recevoir *franco*, adresser un franc en timbres-poste à l'Auteur, 5, Boulevard de Strasbourg, à Paris.

DES

CÉLÈBRES MACHINES VÉLOCIPÉDIQUES
" SECURITAS "

Voir aux pages suivantes
les principaux Modèles.

CONDITIONS DE VENTE

Les prix du présent Tarif sont **nets**.
Les Clients qui n'ont pas de compte ouvert sont invités à joindre des références à leur Commande.

COMMANDES

Adresser les Commandes au *Stock général*, 5, Boulevard de Strasbourg, à Paris, en relatant exactement les noms ou les numéros des machines choisies.

EMBALLAGES — EXPÉDITIONS

L'emballage : 4 fr. par Bicyclette ou Bicycle; 8 fr. par Tricycle, ainsi que les frais de transport, sont à la charge de l'Acheteur.

CONDITIONS PARTICULIÈRES DE VENTE

FAITES A

A MM. LES OFFICIERS, ASSIMILÉS & FONCTIONNAIRES

Pour les Machines vélocipédiques militaires

AU COMPTANT :

10 p. cent d'escompte sur les prix du Tarif

A TERME :

Bicyclette militaire " SECURITAS " n° 1,
27 fr. par mois pendant 15 mois

Tricycle militaire " SECURITAS " modèle Exposition,
40 fr. par mois pendant 15 mois

AVIS IMPORTANT. — A titre de propagande ces mêmes conditions peuvent être consenties à toute personne présentant des garanties analogues.

Bicyclette Militaire "SECURITAS"

N° 1. *Modèle de l'Exposition Universelle de 1889*
Roues de 0m75, développant 4m30.

DESCRIPTION TECHNIQUE. — *Corps* et *Fourches* : acier tubulaire ; *Jantes* : forme U ; *Rayons* : directs ; *Billes* : partout, excepté aux pédales ; *Frein* ; *Repose-pieds* ; *Porte-lanterne* ; *Décor* : noir Japon et nickel ; *Selle* ; *Sacoche* ; *Clé à écrous* ; *Burette* ; *Flacon huile de Spermaceti.*
Poids approximatif : 20 kilos.

Prix : **405** francs

AUTRES MODÈLES

N° 2. *Modèle de l'Ecole de Joinville*, avec selle internationale. *Poids approximatif :* 21 kilos............. **415** fr.
N° 3. (1) *Modèle d'ordonnance renforcé.* Machine robuste, adoptée pour les grandes manœuvres, recommandée aux Velocemen d'un poids au-dessus de la moyenne ou encore pour manœuvrer par des chemins difficiles. *Poids approximatif :* 24 kilos... **500** fr.
Les mêmes, avec pédales à billes, en plus : 20 fr.

(1) La Bicyclette militaire n° 3, modèle d'ordonnance, du poids d'environ 24 kilos, a été officiellement adoptée pour les grandes manœuvres.

Pour les commandes, s'adresser :
Au STOCK GÉNÉRAL, 5 boul. de Strasbourg, PARIS

Tricycle Militaire " SECURITAS "
Modèle de l'Exposition Universelle de 1889
Roues de 0m75, développant 4m3o.

Le *Tricycle militaire* " SECURITAS " s'est toujours bien comporté, notamment dans les courses de fond, où sa vitesse et sa résistance ont été particulièrement remarquées.

DESCRIPTION TECHNIQUE. — *Train :* acier tubulaire; *Fourche :* semi-tubulaire; *Jantes :* forme U; *Rayons :* directs; *Billes :* partout, excepté aux pédales; *Frein; Repose-pieds; Porte-lanterne; Mouvement différentiel; Décor :* noir Japon et nickel; *Selle; Sacoche; Clé à écrous; Burette; Flacon huile de Spermaceti.*

Poids approximatif : 29 kilos.

Prix : **600** francs.

Le même, avec pédales à billes, en plus : 20 fr.

Nouvelle Bicyclette LE "COURIER"

Modèle des Services administratifs

Roues de 0ᵐ75, développant 4ᵐ47.

Cette Bicyclette, élégante et solide, ajustable à toutes les tailles d'homme et de jeune homme, est celle qui convient le mieux aux touristes. Elle est construite de façon à pouvoir passer par tous les chemins.

DESCRIPTION TECHNIQUE. — *Corps* et *Fourches* : acier tubulaire ; *Jantes* : forme U ; *Rayons* : directs ; *Billes* : partout excepté aux pédales ; *Frein* ; *Repose-pieds* ; *Porte-lanterne* ; *Décor* : noir Japon et nickel ; *Selle* ; *Sacoche* ; *Clé à écrou* ; *Burette* ; *Flacon huile de Spermaceti.*

Poids approximatif : 24 kilos.

Prix : **500** francs.

La même, avec pédales à billes, en plus : 20 fr.

Pour les commandes, s'adresser :

Au **STOCK GÉNÉRAL, 5,** boul de Strasbourg, **PARIS**.

Nouveau Tricycle "SECURITAS" N° 27

Modèle à disposition spéciale pour Dame.

Roues motrices de 0ᵐ80, développant 4ᵐ30.

Les dames peuvent, avec leur costume ordinaire, monter ce Tricycle léger, facile à manœuvrer et ajustable à toutes les tailles.

La construction de cette Machine rappelle celle du Tricycle militaire " Securitas " *modèle de l'Exposition universelle de 1889*, sauf cette particularité, que le train est cintré à l'avant et qu'un garde-chaîne préserve la robe.

Prix : **625** francs.

Le même, avec pédales à billes, en plus : 20 fr.

Pour les commandes, s'adresser :
Au **STOCK GÉNÉRAL**, 5, boul. de Strasbourg, **PARIS**

Nouveau Tricycle " SECURITAS " N° 29

Modèle renforcé pour Homme ou Dame

· Roues motrices de 0ᵐ85 développant 4ᵐ15

ᶠ Cette Machine possède toutes les qualités du Tricycle militaire " Securitas " *Modèle de l'Exposition universelle de 1889* dont elle ne diffère du reste que par quelques détails de construction, notamment les suivants : Le grand axe roule sur deux coussinets à billes au lieu de quatre; le train est cintré à l'avant et pourvu d'un garde-chaîne pour préserver le vêtement. Nous la recommandons tout spécialement à MM. les Ecclésiastiques, aux Velocemen d'un certain poids, ou encore à tous pour de longues courses par des chemins difficiles.

Prix : **625** francs.

Le même, avec pédales à billes, en plus : 20 fr.

Pour les commandes, s'adresser :
Au **STOCK GÉNÉRAL**, 5, boul. de Strasbourg, **PARIS**

Nouveau Tricycle "SECURITAS" Nº 9

Modèle pour Jeunes Gens de 10 à 16 ans.

Roue motrice de 0ᵐ75 et roue directrice de 0ᵐ3o ou de 0ᵐ5o

Cette Machine légère, maniable, solide, permet d'agréables promenades à la campagne, et même de longues excursions. Sa construction parfaite rappelle celle du Tricycle "Securitas" Nº 7 (voir page suivante), avec cette différence que toutes les parties du train sont renforcées et mieux finies.

Prix : **300** et **325** francs.

Le même, avec billes à la roue d'avant, en plus : 25 fr.

Pour les commandes, s'adresser :
Au STOCK GÉNÉRAL, 5, boul. de Strasbourg, PARIS.

Nouvelle Bicyclette L' " ESTAFETTE "

Modèle des Lycées et Collèges

Roues de 0ᵐ60 ou 0ᵐ65, développant 2ᵐ90 ou 3ᵐ20.

La Bicyclette "Securitas" l' "*Estafette*" est ajustable à toutes les tailles d'enfant et de jeune homme.

Nous recommandons ce charmant modèle, autant pour la facilité de son maniement que pour l'absolue sécurité qu'il présente.

Modèle à roues de 0ᵐ60, frottements lisses. . . . **225** fr.
—   de 0ᵐ65, billes à la roue avant. . **270** fr.

Pour les commandes, s'adresser :
Au **STOCK GÉNÉRAL**, 5, boul. de Strasbourg, **PARIS**

Nouveau Tricycle " SECURITAS " N° 7

Modèle pour Enfants de 6 à 9 ans.

Roue motrice de 0m65 et roue directrice de 0m50.

Ce Tricycle, ajustable à toutes les tailles d'enfants, a été allégé de façon à pouvoir être mis en mouvement avec la plus grande facilité. Il offre la sécurité la plus complète, sa construction étant aussi soignée que celle de nos grandes Machines vélocipédiques.

Prix : **250** francs.

Pour les commandes, s'adresser :

Au **STOCK GÉNÉRAL**, 5, boul. de Strasbourg, **PARIS**

Nouveaux Bicycles " SECURITAS "

Modèles supérieurs

Hauteur de roue : 1ᵐ22, 1ᵐ27, 1ᵐ32, 1ᵐ37 ou 1ᵐ42

Aux amateurs de Bicycles, nous recommandons les trois, types suivants qui sont les plus perfectionnés :

Le " **NEW-AMATEUR** ", Billes à la roue avant.   **240** fr.
Le " **SPEEDY** ", Billes aux deux roues . . . . .   **300** fr.
L' " **INTREPID** ", Billes aux deux roues ; guidon détachable, corps ovale. . . . .   **350** fr.

Les mêmes, avec pédales à billes, en plus : 20 fr.

Pour les commandes, s'adresser :
Au STOCK GÉNÉRAL, 5, boul. de Strasbourg, PARIS.

LE " LITTLE AMATEUR "

Nouveau Bicycle " SECURITAS "

Hauteur de roue : 0^m97, ou 1^m02.

Avec cette Machine, les débutants acquerront promptement l'assurance et la stabilité nécessaires pour monter toute Machine vélocipédique.

Prix : **200** francs.

Le même, avec pédales à billes, en plus : 20 fr.

Pour les commandes, s'adresser :

Au **STOCK GÉNÉRAL, 5, boul. de Strasbourg, PARIS**

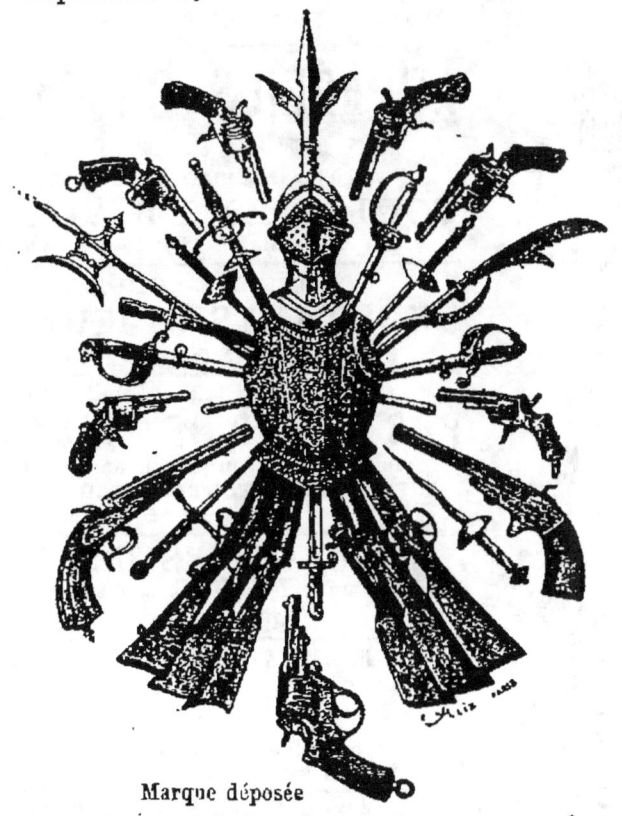

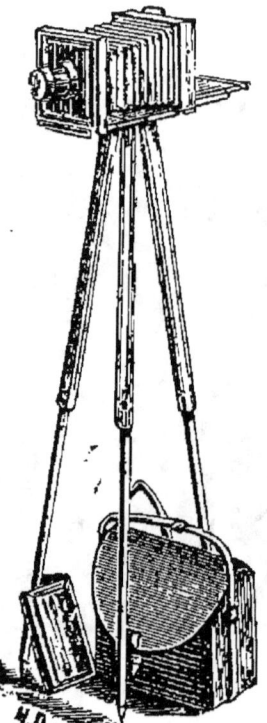

"LE CENTENAIRE"

COUP DE POING-PISTOLET (Breveté s. g. d. g.)

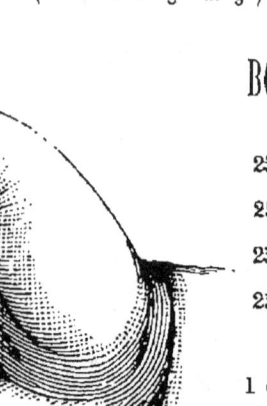

DANS UNE

BOITE ÉLÉGANTE

AVEC

25 Cartouches à blanc.
25 Cartouches à balle conique.
25 Cartouches à balle ronde.
25 Cartouches à petits plombs.

et

1 écouvillon pour le nettoyage.

Prix **12** *fr.*

MONT SAINT-MICHEL

HOTEL

POULARD Aîné

Maison de 1ᵉʳ ordre, réputée pour sa bonne tenue et l'affabilité de ses propriétaires ; renommée pour la délicieuse omelette de Mᵐᵉ Poulard *aîné*.

Des dépendances de l'Hôtel Poulard *aîné* : la Maison rouge et la Maison blanche, la vue embrasse l'immense horizon.

Guides sûrs ou renseignements précis
pour les excursions

OMNIBUS POUR TOUS LES TRAINS

Le plus hygiénique et le plus agréable des Sports, dans le plus charmant endroit de Paris.

VÉLODROME DU PRÉ CATELAN

Près la Ferme du PRÉ CATELAN
(Bois de Boulogne)

Gymnase Vélocipédique des Écoles

Ouvert toute l'année de 7 heures du matin à la nuit

ENTRÉE LIBRE

LEÇONS & ESSAIS

De Machines Vélocipédiques

LOCATION DE TRICYCLES

Pour Enfants et Jeunes Gens

L'heure. . . . . **2 fr. »**

La 1/2 heure (Minimum de sortie compté pour chaque Machine louée) · · · · **1 25**

Tickets d'école (La séance de 45 minutes, par abonnement, les 12 tickets) · · · **15 »**

Pendant les exercices des élèves de l'École Monge (tous les jours de midi à 2 heures, jeudi et dimanche exceptés), un vaste emplacement est réservé aux locations particulières.

MACHINES SPÉCIALES POUR DAMES ET JEUNES FILLES

NOTA. — Pour recevoir les conditions de location de Vélos au mois, pour la campagne et les bains de mer. écrire au Directeur du Vélodrome, Chalet *"Le Ramier"*, PRÉ CATELAN (Bois de Boulogne).

AVIS AUX VELOCEMEN

L'atelier de *l'Annexe* du VÉLODROME DU PRÉ CATELAN. situé à Paris, 21ter, boulevard Montmorency, près le Ranelagh et le Bois de Boulogne, entre les portes de Passy et d'Auteuil (Passy-Auteuil). ouvert tous les jours, se charge de toutes les réparations et transformations de Machines vélocipédiques.

Le tarif est des plus réduits.

Les principales Sociétés vélocipédiques du monde entier, notamment la plus importante d'entre elles, le *"Cyclists' Touring Club"* (22,000 adhérents), l'ont spécialement recommandé à leurs membres en cas d'accident de route nécessitant une réparation à faire séance tenante.

EXCURSIONS
SUR LES
COTES DE NORMANDIE, EN BRETAGNE ET A L'ILE DE JERSEY

1° Billets d'excursion, valables pendant un mois (1) avec itinéraire fixé comme suit :

	1re CLASSE	2e CLASSE		1re CLASSE	2e CLASSE
1er ITINÉRAIRE.	60 fr. »	45 fr. »	**7e ITINÉRAIRE.**	120 fr. »	100 fr. »

1er ITINÉRAIRE. — 60 fr. » — 45 fr. »
Paris. — Rouen. — Le Havre. — Fécamp. — St-Valery. — Dieppe. — Le Tréport. — Arques. — Forges-les-Eaux. — Gisors. — Paris.

2e ITINÉRAIRE. — 60 fr. r — 45 fr. »
Paris. — Rouen. — Dieppe. — St-Valery. — Fécamp. — Le Havre. — Rouen. — Honfleur ou Trouville-Deauville. — Caen. — Paris.

3e ITINÉRAIRE. — 80 fr. » — 65 fr. »
Paris. — Rouen. — Dieppe. — St-Valery. — Fécamp. — Le Havre. — Rouen. — Honfleur ou Trouville. — Cherbourg. — Caen. — Paris.

4e ITINÉRAIRE. — 90 fr. » — 70 fr. »
Paris. — Granville. — Avranches. — Mt-St-Michel. — Dol. — St-Malo. — Dinard. — Dinan. — (Lamballe. — St-Brieuc moyennant supplément). — Rennes. — Le Mans. — Paris.

5e ITINÉRAIRE. — 100 fr. » — 80 fr. »
Paris. — Cherbourg. — Coutances. — Granville. — Avranches. — Mont-St-Michel. — Dol. — St-Malo. — Dinard. — Dinan. — (Lamballe. — St-Brieuc, moyennant supplément). — Rennes. — Le Mans. — Paris.

6e ITINÉRAIRE. — 100 fr. » — 80 fr. »
Paris. — Rouen. — Dieppe. — St-Valery. — Fécamp. — Le Havre. — Rouen. — Honfleur ou Trouville. — Caen. — Cherbourg. — Coutances. — Granville. — Dreux. — Paris.

7e ITINÉRAIRE. — 120 fr. » — 100 fr. »
Paris. — Rouen. — Dieppe. — St-Valery. — Fécamp. — Le Havre. — Rouen. — Honfleur ou Trouville. — Caen. — Cherbourg. — Coutances. — Granville. — Avranches. — Mont-St-Michel. — Dol. — St-Malo. — Dinard. — Dinan. — (Lamballe. — St-Brieuc, moyennant supplément). — Rennes. — Laval. — Le Mans. — Chartres. — Paris.

8e ITINÉRAIRE. — 120 fr. » — 100 fr. »
Paris. — Granville. — Avranches. — Mont-St-Michel. Dol. — St-Malo. — Dinard. — Dinan. — St-Brieuc. — Lannion. — Morlaix. — Roscoff. — Brest. — Rennes. — Le Mans. — Paris.

9e ITINÉRAIRE. — 130 fr. » — 110 fr. »
Paris. — Caen. — Cherbourg. — Coutances. — Granville. — Avranches. — Mont-St-Michel. — Dol. — Saint-Malo. — Dinard. — Dinan. — St-Brieuc. — Lannion. — Morlaix. — Roscoff. — Brest. — Rennes. — Vitré. — Laval. — Le Mans. — Chartres. — Paris.

Les 10e 11e et 12e itinéraires sont délivrés au départ du Mans, de Rouen et d'Angers.

13e ITINÉRAIRE. — 105 fr. » — 80 fr. »
Paris. — Granville. — Jersey (St-Hélier). — St-Malo. — Pontorson. — Le Mont-St-Michel. — St-Malo. — Dinard. — Dinan. — St-Brieuc. — Rennes. — Le Mans. — Paris.

Les Billets sont délivrés à Paris, aux Gares Saint-Lazare et Montparnasse et aux Bureaux de Ville de la Compagnie.
(1) La durée de ces billets peut être prolongée d'un mois, moyennant la perception d'un supplément de 10 o/o, si la prolongation est demandée, aux principales gares dénommées aux itinéraires, pour un billet non périmé.

2° Billets d'excursion, valables de 30 à 60 jours, avec itinéraire établi au gré du Voyageur, sur les grands réseaux
Minimum de parcours 300 kilomètres. — Réduction de 20 à 60 0/0, selon la longueur du parcours sur les billets individuels. — Réduction supplémentaire variant entre 5 et 25 0/0 sur les billets collectifs.

Le Marquis de Tombelaine.

www.ingramcontent.com/pod-product-compliance
Lightning Source LLC
Chambersburg PA
CBHW071111260626
47162CB00006B/2285